La Malédiction d'Iris

Cet ouvrage contient des scènes pouvant ne pas convenir à un public de moins de 16 ans.

Direction littéraire : Guillaume Voisine
Révision linguistique : Jessica Grenier
Design graphique et mise en pages : Karine Raymond
Illustration : Midjourney, retouches par Karine Raymond
Photo : Magali Eysseric

ISBN EPUB : 978-2-9820729-3-0
ISBN PAPIER : 978-2-9820729-4-7

Paru précédemment dans la revue Brins d'éternité n° 45, octobre 2016.

Dépôt légal,
Bibliothèque et Archives nationales du Québec, 2023.

Karine Raymond

La Malédiction d'Iris

Nouvelle

NOVEMBRE

J'ai besoin de soleil. L'horizon est gris depuis que nous sommes partis. De toute façon, ils ne m'ont pas permis de sortir de la fourgonnette depuis cinq jours. Je devine la température plus que je ne la vois chaque fois que la porte s'entrebâille et que mes pupilles sont éblouies par la blancheur du jour. Sinon, un carré de verre au plafond reste mon seul contact avec l'extérieur. Quand la nausée s'accentue, je demande à l'aînée si je peux ouvrir les fentes de ventilation sur le pourtour de cette fenêtre teintée. Et je respire, là, debout au centre des corps avachis. Les secondes passent trop vite et, de ses yeux vairons, l'ancienne m'envoie un reproche muet. Je referme, il fait froid dehors. Je me rassois et je tortille le bout de ma tresse entre mes doigts. La douceur de mes cheveux effleurant ma peau me réconforte.

Douze. Nous sommes douze dans ce véhicule trop petit. Lorsque j'ai besoin de me soulager, deux compagnes suspendent un drap pendant que je m'accroupis sur une chaudière de plastique vert à côté du radiateur. Je m'appuie sur les parois en espérant que le camion ne rencontre pas une crevasse dans la chaussée. Le seau s'est déjà renversé une fois. Maintenant, nous nous relayons pour le garder en place. Quand c'est mon tour, je le pousse dans le coin avec mon pied droit, tandis qu'avec le gauche, je retiens la planche de bois que nous déposons par-dessus pour atténuer la puanteur. C'est Genêt qui est responsable de vider notre toilette.

De temps en temps, la vitesse diminue, une courbe. Le véhicule s'arrête, puis j'entends le jet de l'essence qui coule dans le réservoir. Aujourd'hui, la route est cahoteuse. Ça doit faire plus de six heures que le jour est levé quand le moteur s'éteint à nouveau. Des pas, parfois sur le gravier, d'autres fois sur la neige. Ils fument. Je le devine à leur façon de couper leurs phrases et d'expirer. Les vieux sont soucieux, les jeunes s'exclament sur le paysage. Les vieux les rabrouent.

—Allez, Genêt! Il n'y a personne en vue.

Et notre porte se déverrouille. Nous avons déjà placé le seau et un sac d'ordures près de la sortie. Il nous regarde à peine, mais je sais qu'un doute s'installe en lui. Chaque jour, je calcule son hésitation à la fente plus ou moins grande qu'il nous laisse pour aérer notre cage pestilentielle. Pourtant, les ordres sont clairs : il doit rabattre les portières pendant qu'il jette nos déchets.

Au troisième jour, nous étions près d'un petit ruisseau. Genêt s'est fait réprimander pour avoir pris le temps de nettoyer notre chaudière. Quand il est revenu, je lui ai souri. Son visage rond était rougi par la honte. La peau diaphane de son cou affichait une brûlure fraîche de cigarette sûrement infligée par Sené, le dernier arrivé dans la congrégation. Il n'a pas crié, car Genêt n'émet jamais un son, peu importe la circonstance.

Ça fait cinq jours que la route s'étire sous la carcasse de métal. Je ne sais pas où nous allons ni d'où nous venons. J'ai souvent entendu les hommes parler de la baie Creuse, du lac des Pièges et ils faisaient les courses « en ville ». Combien de kilomètres encore ? Nous sommes partis en plein milieu de la nuit dans un brouhaha soudain. Les hommes nous ont poussés dans le camion sans même ramasser nos effets personnels. Nous n'avons aucun vêtement de rechange. Ça commence à me piquer sous les bras, entre les jambes, entre les orteils.

: :

Mon père est l'un d'entre eux. L'homme dans la mi-trentaine qui se rase et qui a de magnifiques vêtements de couleur. Mais nous ne parlons jamais de ça. Il est le Fondateur. Notre communauté est composée de douze femmes et de neuf hommes. Les femmes portent toutes des prénoms de fleurs : Hortense, Aster, Dahlia, Patience, Silène… Je suis la dernière-née du Fondateur. On m'appelle Iris, comme la plante toxique, et personne ne veut me révéler mon âge. J'entends

7

parfois des murmures : « Au moins quinze ans… au moins. Pourquoi a-t-Il attendu si longtemps ? Et Il ne l'a jamais fait avec elle. C'est le démon, c'est certain ». Je ne connais pas ma mère, mais je soupçonne Dahlia. Je n'ai ni son teint laiteux ni ses cheveux bouclés, mais les angles abrupts de son visage me rappellent le mien. Toutefois, je le devine surtout à son regard lourd sur moi, des images de terreur derrière les pupilles, et à la cicatrice au bas de son ventre sur laquelle elle appuie la main lorsqu'elle se lève ou s'assoit.

Aussi, je me souviens de son insistance pour obtenir la permission d'enseigner l'écriture à Genêt, Aster et moi. Comme les femmes ont accès aux guides de fleurs et d'arbres, nous avons recopié les fiches des plantes avec minutie. Pendant la sieste d'après-midi de l'aînée, Dahlia nous dictait à mi-voix des interrogatoires serrés : « La baie de sureau du Canada est-elle comestible ? Quelles parties du pissenlit peuvent être mangées ? Comment cueille-t-on l'ortie ? » Parmi les trois élèves, j'étais la seule à recevoir des réprimandes sèches à chacune de mes fautes, car selon elle une simple erreur pouvait me tuer. Pourtant, j'ai toujours eu la conviction que j'allais mourir avant même d'avoir caressé l'écorce d'un bouleau encore debout.

Malgré la pénombre dans la camionnette, je perçois les figures accusatrices de mes compagnes comme si elles étaient luminescentes. Ce pénible voyage est de ma faute. Je suis la dernière-née de la congrégation.

Le Fondateur nous a dit que l'heure était venue. Qu'il fallait retourner aux sources, « expier » mon crime, « exorciser » mon âme. Ces mots compliqués, je ne les comprends pas, mais il est interdit de questionner les hommes et mes camarades m'ignorent depuis l'annonce du départ. Je ne saisis pas non plus pourquoi ma naissance a mis un terme à la fertilité de toutes les femmes du groupe.

: :

Au sixième jour du périple, le convoi s'arrête pour de bon. Les hommes sont silencieux, mais leurs bottes s'enfoncent dans une neige épaisse à la croûte durcie. Genêt ouvre les deux portes de notre prison. Une bourrasque glaciale chasse l'air vicié d'un seul coup. Un nuage blanc sort de sa bouche alors qu'il souffle dans ses mains. Il nous fait signe de descendre. Les autres sont soulagées. Je les laisse affronter le froid en premier. Pour ma part, je repense au sermon du Fondateur. Expier. Exorciser. Ces mots font mal aux oreilles. Si seulement je pouvais demander des explications. Si…

Quand je pose mon pied protégé d'une simple chaussette de laine à l'extérieur de la camionnette, le vent transforme mes vêtements en glaçons. Un bref regard à Genêt me fait cadeau de son sourire triste. Malhabile, il tente de fermer la portière trop rapidement et nos bras se frôlent. C'est la première fois qu'un homme me touche. Sensation subtile et puissante. Comme un feu sans flamme qui consume une brindille humide. Il recule brusquement. L'a-t-il senti, lui aussi ? Je presse le pas en enlaçant ma poitrine et mon ventre.

Je voudrais ralentir, marcher entre les arbres. Toucher, humer… m'envoler et contempler ce qu'il y a au-delà de ces montagnes dont j'aperçois la cime entre les branches nues.

Mais je ne peux pas explorer les environs, car je n'ai pas de vêtements pour l'hiver. Je n'en ai pas besoin. C'est la deuxième fois de ma vie que je sors dehors. La première, pour monter dans le camion. La deuxième, pour en descendre.

: :

La routine a recommencé à la seconde où nous sommes entrés dans la cabane de bois. Chauffer le poêle, préparer la nourriture, nettoyer, coudre, tricoter, prier. Avant, nous étions dans une maison de pierres avec des volets qui devaient être réparés tous les ans. Ici, les murs formés de billots horizontaux assombrissent l'espace restreint.

La première semaine est passée. Les barreaux aux fenêtres sont installés et la cloison de la pureté est terminée. Les femmes s'entassent dans une chambre au fond et vivent dans la cuisine. Les hommes font la prière au salon et habitent au deuxième étage. Le Fondateur m'a contrainte de dormir dans une petite pièce à deux portes. L'une donne sur la cuisine et l'autre sur la salle des dévotions. Cette dernière est verrouillée. Apparemment, il faut me préserver. Malgré ce passe-droit, mes compatriotes féminines ont adouci leurs regards. Les coups de pieds accidentels de l'aînée lorsque je lave le plancher se font plus rares. Je guéris tranquillement les ecchymoses laissées par les incidents précédents.

Pendant l'oraison de la veille, le Fondateur a annoncé la cérémonie qui mettrait un terme à la Malédiction d'Iris. Grâce à celle-ci, nous allons vivre dans la fertilité, l'abondance. C'est ce qui est prédit dans le livre du Fondateur. Cependant, je ne sais pas si je serai en mesure de goûter à ce paradis, car après tout, Iris, c'est moi.

Ce matin, les vieux sont partis chercher des provisions. Les jeunes finalisent l'abri extérieur pour les poules tandis que Genêt nous surveille. Depuis que le muet m'a touchée au sortir de la camionnette, le feu respire avec moi. Il me ronge les entrailles. Sourd, mordant. Mais je continue de coudre. L'aiguille glisse de bas en haut. De haut en bas. L'ourlet de ma deuxième jupe est presque terminé. Ralentie par mes doigts gourds et l'étau qui écrase mon crâne, je pense à demain. Si je suis encore là, je taillerai les morceaux de ma chemise. Le coton qu'Il nous a donné est rude et dense. Nos habits sont robustes.

L'aînée inspecte mon travail. Sa tête parsemée de cheveux jaunâtres se penche sur mon ouvrage. Elle suit le bas de mon vêtement et le presse entre son pouce et son index pour s'assurer qu'il n'y a pas de bosses dans le repli. Je ne sais pas pourquoi l'épaisseur de celui-ci est importante. Elle vient tout juste de se piquer le bout du doigt en cousant un bouton et des petites gouttes de sang ornent maintenant mon tissu ocre. Parfois, elle le fait exprès, alors je serre les dents. Hurler. Battre. Démolir. J'ai déjà essayé tout ça par le passé. Elles m'ont ligotée, bâillonnée, puis elles ont prié. Et je suis encore ici.

J'observe les branches noires se balancer sous un ciel menaçant pendant qu'elle tache ma jupe. Mon indifférence la frustre.

— Concentre-toi sur ta besogne !

Elle me gifle. Assis sur un tabouret près de la fenêtre de la cuisine, Genêt baisse les yeux sur le livre du Fondateur en grattant la cicatrice de son cou. Dahlia brise le silence.

— Il n'y a pas de moisissures dans cette maison. Avez-vous remarqué à quel point la respiration d'Aster s'est améliorée ?

En inspirant, la jeune Aster affiche son sourire de poupée. À sa gauche, Hortense enfonce son aiguille sur la pelote fixée à son poignet et déplie ses doigts tordus.

— Moi, mes articulations sont moins raides. L'isolation est meilleure et le poêle est presque neuf.

A-t-elle déjà utilisé un poêle neuf ? Ce bavardage a toujours généré plus de questions que de réponses dans mon esprit. À tout coup, les indices s'accumulent. Les adultes ont connu le monde extérieur. Même si leurs souvenirs sont flous, quand les réserves de nourriture se font rares à la fin de l'hiver, elles soupirent, le regret incrusté dans les rides de leurs joues trop maigres.

: :

Le soleil est chaud et la neige fond. Le son régulier des gouttes qui tombent du toit m'apaise un peu. Les vieux sont revenus les bras chargés de grandes boîtes brunes. Tout a été caché dans la cave accessible par la trappe au fond du salon. Genêt les a aidés à vider le camion. Nous nous installons pour longtemps. Mes compagnes sont tout sourire et s'agglutinent au bord de la fenêtre qui donne sur le poulailler. Elles se disputent la vue pour apercevoir une bête. D'habitude, les poules, ils nous les offrent mortes, décapitées. Moi, je nettoie l'eau sale et les aiguilles de pin qui marquent le passage des hommes de la cuisine au sous-sol. À mesure que le jour décline, je tremble à l'intérieur.

Un coq s'époumone dans la bassecour.

Le Fondateur entend le Guide dans sa tête depuis seize ans. Les femmes m'ont raconté que Genêt a cessé de crier et de gazouiller à un an parce que le Guide a emprunté sa voix pour dicter le livre. Genêt est le dernier fils du Fondateur. Il est béni. Comment serai-je bénie pour enrayer la Malédiction ? Je me penche pour tirer sur une épine coincée entre deux planches au vernis usé. Le Fondateur entre à ce moment-là. Mes consœurs retournent au travail alors qu'Il se dirige vers moi. Sa démarche est pressée

13

et une étincelle jaillit dans sa prunelle pendant qu'il détaille mon corps avec lenteur.

— Prends ça et va dans ta chambre.

Il laisse tomber un sac de papier à côté de moi.

— Mets ces vêtements. J'irai te voir après la cérémonie.

J'avance dans ma pièce privée. Il ferme à clé derrière moi. Mâchoire serrée, j'ouvre le sac. Une camisole soyeuse d'un rouge tomate cent fois trop petite. Un morceau de tissus léger et translucide encore plus minuscule. C'est la même forme que nos culottes. Je devine que l'étiquette rose indique l'arrière de la chose. L'estomac noué, je surveille les deux portes. Si j'attends un peu plus, Il changera peut-être d'avis et me dictera de retourner à mes tâches ménagères. Il y a du vert pomme sous la peinture blanche écaillée et une photo de lilas en fleur, qui ne tient plus que par un clou. Qui vivait ici avant ? Rangeaient-ils leur tonne de pantalons et de robes multicolores dans ce meuble à six tiroirs ? Portaient-ils ce genre de tissus parfumé à la vanille ?

Les doigts tremblotants, j'enfile les vêtements comme je peux. La jupe s'étire sur mon corps comme si elle allait déchirer à tous moments. Il ne faut pas que les autres me voient comme ça. Je prends un drap et me couvre, je m'assois sur la paillasse posée au sol. J'attends. Ça sent le poulet qui cuit, les oignons, l'ail, les carottes et le navet. La fébrilité du festin traverse les murs. Les chaudrons s'entrechoquent, les rires discrets se multiplient.

Ils mangent en silence, puis la célébration commence. Le Fondateur entonne la prière et les chants. Tout se déroule tranquillement à la lueur des chandelles. La lumière danse sous la porte de la section masculine où les femmes sont tolérées pour l'oraison.

— Le Guide m'invite à mettre fin à notre calvaire. Il est prédit : « Un cri de douleur déchire la nuit. La Malédiction d'Iris est résolue ».

Bientôt, Il souffle les bougies et les disciples traînent leurs pas vers les chambres. La journée a été longue, la cérémonie s'est poursuivie jusqu'au milieu de la nuit. Je suis épuisée. J'ai froid.

Lorsque la clé tourne dans la serrure du côté des hommes, je me réveille en sursaut. Je ne savais pas que je dormais. Le Fondateur pénètre dans la pièce avec une lampe à huile. Une ombre pernicieuse se dessine sur son visage rosi. Il referme. Verrouille.

— Enlève le drap.

J'obéis en me repliant sur moi-même. Sourire en coin, Il s'approche. Ma braise interne démarrée par le toucher de Genêt génère de nouvelles flammes à mesure que l'espace se réduit entre Lui et moi. Il baisse la fermeture éclair de son pantalon. J'aperçois une rondeur que j'ai déjà remarquée quand les jeunes m'obligent à garder la porte de la salle de bain ouverte pendant mes ablutions.

— Couche-toi. Écarte tes jambes.

Il dévoile la bosse, s'accroupit entre mes genoux. Mon cœur bat à tout rompre tandis qu'Il colle le bâton de peau contre ma cuisse. Mon feu intérieur se déchaîne et brûle son morceau de corps gonflé. Un cri de douleur déchire la nuit.

: :

Depuis ce soir-là, le Fondateur marche voûté en retenant son pantalon vis-à-vis de la bosse. Il réclame de la neige régulièrement et l'applique sur son entrejambe. La nuit suivante, un second représentant du Guide est venu me visiter. Jour après jour, tous les hommes de la congrégation sont entrés dans ma chambre en m'ordonnant de m'allonger. Chaque fois que leur chose m'a effleurée, ils ont hurlé. Hier, c'était au tour du plus jeune. Genêt est apparu dans la pièce, l'air mal à l'aise. Je me suis couchée, je n'avais plus peur. Mon feu était prêt à combattre la Malédiction. Les sourcils froncés, il est resté planté près de la porte en fixant le sol. Une main tenait la bougie, l'autre recouvrait sa bosse bien cachée dans son pantalon. Au bout d'un certain temps, il m'a fait signe de boucher mes oreilles. Je me suis exécutée. Il a rugi comme une bête, puis il est reparti.

Toute la nuit, j'ai repensé à la visite de Genêt. À son attitude, puis sa voix. La fin de la Malédiction lui a-t-elle redonné la parole ? Ou n'a-t-il jamais été muet ?

: :

Le matin venu, le Fondateur m'a ordonné de sortir de la chambre. Les hommes me redoutent, les femmes me boudent. Tant pis, je suis soulagée d'avoir accompli ma mission et d'avoir enfin enlevé les vêtements rouges. En lavant la vaisselle, j'observe Genêt. Il a marché voûté tout l'avant-midi et s'est bourré la culotte de neige entre deux entailles d'érable. Régulièrement battu et abusé par ses confrères, je suppose qu'il s'est confiné volontairement dans le silence pendant toutes ces années.

Derrière lui, Sené a appuyé son épaule contre le mur de la cabane de bois gris dans laquelle ils transformeront l'eau en sirop. L'œil hagard, il lisse ses cheveux blonds. Le ciel est sombre. L'atmosphère est chargée. Depuis l'épisode de la Malédiction, ce dernier a délaissé son attitude provocatrice et ne cherche plus querelle à Genêt. Le jeune homme jette sa cigarette, puis crache par terre en fouillant les poches de son manteau. Il sort un paquet et en allume une autre. Genêt enfonce le vilebrequin dans les troncs avec vigueur, puis me lance un regard furtif en ajustant son chapeau. Je décèle un éclat de joie au coin de ses yeux. J'ai peur. Je ne sais plus qui croire. Le Guide existe-t-il vraiment ? S'il existe, prendra-t-il une seconde voix pour raconter la supercherie de Genêt au Fondateur ? Dans ce cas, il sera puni, c'est certain. Mais je le comprends. C'est sa façon de déjouer la souffrance.

Pour ma part, mon feu interne s'est tari.

: :

Le Fondateur s'est installé dans ma chambre et je dors dans la pièce communautaire. Les ronflements des autres ne m'avaient pas manqué, mais je suis rassurée d'être de retour à la normale.

Depuis quelques jours, les hommes ont arrêté de remplir leurs pantalons de neige, mais ils conservent leur démarche étrange. Genêt les imite à la perfection. Il est habitué de se fondre dans le troupeau. Le Fondateur accuse un pli soucieux au centre de son front. Sa fière posture est la même qu'avant, mais je sens – je sais – qu'un trouble effroyable le ronge. Le rite de la Malédiction d'Iris aurait-il été bafoué par ma faute?

Ce soir, notre souper est composé d'oignons et de pommes de terre. La chair sablonneuse du légume trop cuit se bloque à l'intérieur de ma poitrine et je dois boire beaucoup entre chaque bouchée. Hortense me fixe d'un œil torve.

— Arrête ça! C'est mauvais pour la digestion.

Elle prend mon verre et verse ma ration d'eau dans le sien. Je ne contredis jamais Hortense. Grande et autoritaire, elle m'intimide encore plus que l'aînée.

Il y a un quart d'heure, les hommes ont dévoré le chou, le navet, l'ail et les carottes qui restaient de la saison précédente. Quand il n'y a pas de cérémonie, ils passent à table avant nous. Ils mangent beaucoup.

Le printemps s'écoule comme d'habitude, ou presque. Les poules sont mortes hier. Le coq aussi. La fertilité tarde à se manifester. Je suis lasse de la tension, de la hantise. Lasse de ces murs bruns. De jeunes pousses vont bientôt émerger à travers la fine couche de neige. Les oiseaux ont recommencé à chanter. Mais les petits bonheurs que j'accumule ne me sustentent plus. Je veux courir, grimper aux arbres, parler à Genêt. De temps en temps.

À l'été, en contraste avec les rayons qui tournoient sur le plancher, je me laisse absorber par ma tristesse. Je ne prête plus l'oreille aux commérages et aux regards entendus. Si Genêt joue le muet, je peux prétendre être sourde. Mes compagnes me répètent mille fois les tâches à compléter tandis que j'envie les moineaux qui dansent dans les buissons. Je suffoque.

La nuit précédente, je me suis levée aux aurores, espérant trouver la clé pour ouvrir ma cage, respirer un grand coup et plonger mes pieds nus dans l'herbe que j'imagine fraîche. En entrebâillant la porte qui donne accès au côté masculin, je me suis butée à un crochet. Au même moment, un homme s'est mis à pleurer dans la chambre du Fondateur. Il a vomi et le silence est revenu. Je n'ai pas reconnu la voix. Était-ce Lui ?

En ce matin d'automne, je suis clouée sous mes couvertures. Soulever mes doigts demande un effort colossal. Je suis frigorifiée, mais ma peau est bouillante. L'aînée a interdit qu'on m'approche, mais Dahlia a ignoré son ordre. Elle est entrée et elle a verrouillé la porte de la chambre commune. La vieille a crié, puis elle s'est fatiguée. Nous laissant seules dans le calme corrosif de ma fièvre. Le maintien de Dahlia a changé. De la femme souffreteuse que j'ai connue toute ma vie, il ne reste que cette cicatrice qu'elle caresse encore lorsqu'elle se penche.

Elle regonfle mes oreillers en parlant des bestioles qui ont décimé la moitié de la récolte. La Malédiction s'acharne sur notre communauté. Je commence à croire que j'ai échoué et que le Guide me punit avec la maladie, la douleur.

Agenouillée près de ma paillasse, elle enfonce avec vigueur l'édredon sous mon corps. Le cocon empêche les courants d'air de me glacer l'échine.

—As-tu remarqué comme ils grossissent, tous ?

C'est vrai. Les hommes ont pris du poids. Ils mangent trop. Elle retient un sourire, mais ses iris flamboient d'un plaisir vicieux. Elle relève le bas de son chemisier et déboutonne sa jupe. J'entrevois une fine tresse de coton qui ceinture sa taille. En tirant sur celle-ci, elle fait émerger un sachet fabriqué d'un tissu à demi teint en marron.

—Regarde bien.

En cachant la pochette derrière sa hanche, elle dévoile son ventre. Une rainure écarlate sur sa peau de velours.

—Tu es sortie là. Ensuite, l'aînée a recousu et Il a cautérisé la plaie.

Cette vision me donne le haut-le-cœur. Dahlia se rhabille. Avant de sortir, elle jette un regard triste sur mes lèvres asséchées.

—Je reviens avec de l'eau… Tiens bon, ton calvaire s'achève.

: :

Ma fièvre a baissé hier matin. Octobre est bien installé. Le rideau à rayures brunes du dortoir est toujours fermé, mais je reconnais l'arôme particulier des feuilles colorées qui filtre entre les fenêtres doubles. Dahlia est en train de ramasser le bol dans lequel elle m'a servi une soupe de chou vert et de rutabagas. Alors qu'elle franchit le seuil de la chambre, j'aperçois Genêt à la table qui affûte la pointe d'un rameau avec son canif. J'essaie de me lever. J'arrive tant bien que mal à soulever le fardeau de mes chairs amaigries. Je fais un pas, puis deux. Genêt se retourne tandis que je cherche un appui dans le vide. Il s'élance et me rattrape juste avant que mes jambes ne se transforment en coton. Pendant qu'il m'aide à m'étendre, mon coude s'enfonce dans son ventre proéminent. C'est mou. Comme un coussin. En réponse à mon regard intrigué, il porte son index à sa bouche. Dahlia s'empresse de nous rejoindre et murmure.

— Sors d'ici Genêt, vite.

: :

À la première neige, je suis au supplice. Désormais, peu importe ma posture, j'ai des lancinations qui foudroient mes membres. Une couverture sur mes épaules, je me lève et réussis à me traîner jusqu'à la table. Mes yeux s'adaptent lentement à la lumière jaunâtre. Les femmes m'ignorent. Elles se concentrent sur leur broderie. Voilà maintenant cinq nuits que la voix forte et désespérée du Fondateur entonne des prières. Sans relâche, il prie. Au-dessus de nos têtes, les hommes marchent de long en large. Ils tempêtent, aboient, vocifèrent :

— C'est impossible !

Je veux demander pourquoi à mes consœurs, mais je suis trop exténuée.

Des pas lourds sur les escaliers extérieurs font vibrer le plancher. Dahlia bondit. Aster courbe ses délicates épaules et lance un regard de chien battu à l'aînée.

— Il faudrait avertir Iris.

La vieille pince les lèvres tandis que ma mère me force à regagner mon lit. Tout juste avant que la porte ne se referme, j'entrevois l'abdomen prêt à éclater du Fondateur.

Il s'avance jusqu'à la chambre.

— Elle est encore vivante ?

Aucune réponse.

— Je vous avais dit de ne plus la nourrir.

La voix de Dahlia est presque inaudible :

— Je ne lui donne presque rien. Une soupe par jour.

La poignée tourne, mais la porte demeure close.

— Tu alimentes la Malédiction, Dahlia.

— Que prédit le Guide ? demande-t-elle.

Les pas s'éloignent. Seul le Fondateur choisit le moment de partager les informations de son Guide.

— Pardon, pardon, je suis tellement inquiète, je ne voulais pas…

Un morceau de bois résonne contre le parquet. C'est la chaise de Dahlia, je le sais.

: :

Les femmes ont terminé le repas et elles ont lavé la vaisselle. Il est probablement vingt et une heures. Elles entrent dans la pièce et se déshabillent. Sous les chemises, je vois les côtes saillantes et les vertèbres pointer à travers leur peau mince. Paysage sinistre de leur corps éreinté.

J'ai attaché la tresse de coton de Dahlia autour de mes hanches. Elle m'a donné la pochette après que le Fondateur l'ait punie la semaine passée.

— C'est pour bientôt. Toi seule peux m'indiquer le moment.

J'ai demandé ce que le sachet contenait. En glissant une boule de neige sur sa joue enflée, elle s'est éclipsée dans ses pensées.

— C'est la dernière fois.

La dernière fois qu'elle me nourrissait ? La dernière fois qu'elle me parlait ? Bien que je chérissais ses visites, les paroles énigmatiques de Dahlia ajoutaient de l'angoisse sur ma douleur. Des spasmes ont raidi les muscles de mes jambes. J'ai respiré lentement en massant mes mollets. Je me suis sentie au bord du précipice.

Avant de s'étendre, Dahlia presse sa main contre mon bras. À la lueur de la chandelle, son visage tuméfié surmonté d'une crinière indomptable lui confère une aura maléfique. Elles s'assoupissent, et moi je détaille le plafond. La lune est presque pleine et je peux distinguer les nœuds noirs des billots de bois. Autant d'yeux qui m'espionnent, me scrutent, m'accusent. Depuis que je ne dors que deux heures par nuit, je ne pense plus de la même manière. La poigne d'acier qui écrase mes os paralyse mes réflexions.

J'attends la mort. Je l'espère depuis des semaines.

Le Fondateur commence ses prières.

—Je suis votre humble serviteur. Ayez pitié et dirigez votre lumière sur notre chemin obscur.

En couvrant de mes mains le sachet de Dahlia, je me tourne vers Aster qui râle dans son sommeil. Parfois, elle cesse de respirer. Je compte. Cette fois-ci, douze secondes. Une chaleur provenant de la pochette de ma mère irradie dans mes paumes et mes entrailles. Bientôt, une énergie troublante se fraye un passage de mon nombril jusqu'à mes orteils et mes doigts. J'inspire à grandes goulées. La vie pénètre mes poumons. Je m'assois sans effort tandis qu'une voix cristalline retentit dans ma tête : « C'est l'heure ! » D'un bond, je me lève et enjambe mes compagnes. En tirant sur le bras de Dahlia, j'agite le sachet au-dessus de son nez.

—Qu'est-ce que c'est ? Qu'est-ce que tu m'as fait ?

Aster ne râle plus, les femmes me dévisagent. L'aînée pousse sa courtepointe et bouge sa carcasse avec précaution.

—Iris, couche-toi maintenant !

À l'étage, un homme frappe le sol. Ma mère me sourit.

— Viens, je vais te montrer. Aster, mets des bûches dans le poêle. Nous aurons besoin de chaleur et d'eau chaude. Hortense, prends des couvertures et suis-moi.

Je marche, je cours derrière Dahlia. Alors que je suspends le sachet à mon cou, elle s'empare d'un couteau en m'ordonnant de trouver une aiguille et du fil. À coups d'épaules, nous brisons le crochet qui verrouille l'accès de la division masculine. En montant les escaliers, la fraîcheur nocturne pénètre sous ma robe. De chaque côté du couloir, les deux chambres sont pêle-mêle. Les hommes font les cent pas, ruent dans les brancards, martèlent leur abdomen gonflé en pleurant. Une main appuyée sur le mur de la fenêtre, Genêt respire en saccade en caressant le coussin caché sous sa chemise de nuit. Dahlia le repère et lui fait signe de s'approcher. Il obéit en feignant son supplice. Dahlia lui parle d'un « plan ». Elle chuchote :

— N'oublie pas de barricader la pièce du Fondateur.

Il descend au rez-de-chaussée en retirant son faux ventre tandis que le sang afflue dans mes veines flétries par la maladie et me pique tel un millier d'épingles.

Dès que Genêt disparaît, Hortense se pointe, les bras chargés de couvertures. Derrière elle, l'aînée crache ses ordres d'une voix rauque.

— Dahlia ! Arrête ! Tu es folle !

Avant d'entrer dans le dortoir de droite, ma mère bombarde la vieille du regard et répond d'un ton sarcastique.

— Nous espérons la fertilité depuis si longtemps, ce serait du gâchis de ne rien faire.

Hortense empoigne l'ancienne et la traîne jusqu'en bas. Sans hésiter, Dahlia fonce sur Sené, puis le somme de s'allonger. Le blondinet aux joues violacées glapit de le laisser tranquille. Ses compères s'approchent, le protègent. Clouée dans l'embrasure de la porte, le souffle coupé par l'angoisse, j'anticipe la première gifle qui fera vaciller Dahlia. Mais trop préoccupés par leurs corps enflés, les hommes m'apparaissent tout à coup vulnérables. Ma mère rit.

— Soit vous attendez qu'ils meurent et vous intoxiquent, soit je les retire tout de suite par césarienne.

En reculant, les peureux abandonnent le premier cobaye à son sort. Pris de convulsions, le blond relève sa chemise et dévoile sa peau distendue et nervurée.

— Enlève-le ! Enlève-le ! hurle-t-il.

Ma mère installe son patient sur un lit pendant que les autres sont chassés dans la pièce d'en face. Hortense coince une chaise sous leur poignée au moment où Dahlia s'exécute. Elle incise la chair d'un trait net, tout comme elle le fait avec les poulets encore chauds que le Fondateur lance sur la table. Mais les bêtes, elles, ne rugissent pas à chaque coup de lame.

— J'ai besoin d'eau et de torchons !

Mes doigts tremblent, mais les picotements de mes jambes ont disparu. Aster manque de renverser le bol tiède entre ma mère et moi, puis repart en vitesse.

En bas, l'aînée accuse Genêt de traitrise. Le Fondateur tambourine sa porte de toutes ses forces.

—Laisse-moi sortir! Je dois aller à l'hôpital!

Indifférente au chaos, la chirurgienne de fortune nettoie ses mains et insère ses index dans la plaie. Elle coupe de nouveau, puis elle pousse sur le haut du ventre. Je distingue déjà une minuscule tête constellée de cheveux noirs qui luisent sous les bougies. La petite chose cramoisie et cireuse est maintenant recroquevillée sur les draps usés aux motifs floraux. Le bébé prend son premier souffle.

C'est une fille.

Tandis qu'elle tire sur le cordon ombilical et extrait une galette sombre et veineuse, Dahlia me demande de préparer mes outils. Je suis prête. Le nouveau père geint:

—Il faut la tuer, c'est la Malédiction!

—Si tu touches à cette enfant, je n'opère pas tes amis, lui réplique ma mère en enveloppant le poupon dans une couverture. À toi de leur expliquer pourquoi… Aster! Des ciseaux!

Cette dernière a perdu connaissance, c'est Hortense qui part les chercher. Quand Dahlia a terminé d'attacher et de couper le cordon, elle me laisse la place. L'entaille ensanglantée ne m'impressionne plus. Le patient grogne à travers ses dents serrées. Son nez est morveux et ses yeux injectés de sang.

Je pique une première fois. La peau est plus coriace que les étoffes de coton avec lesquelles je suis habituée à travailler. J'aurais dû prendre une aiguille plus longue et plus fine.

: :

La nuit tire à sa fin lorsque Dahlia ouvre la pièce du Fondateur. Il est affaibli. Son pouls est trop lent. Par précaution, Genêt le surveille avec un bâton en main. J'ai l'impression d'arriver au bout de mes réserves d'énergie, mais quand je vois ma mère planter la lame dans sa peau, mes sens reprennent de la vigueur et je me précipite pour chercher de l'eau propre. Près du poêle, les femmes sont occupées à réchauffer les bébés, les filles. Juste des filles. Sur une chaise à l'écart, la vieille est ligotée, l'air méchant.

À mon retour, j'aperçois les épaules de Dahlia qui frémissent. Agenouillée tout près de la paillasse, elle sanglote. Livide, le Fondateur s'est évanoui depuis plusieurs minutes.

— Salaud. Salaud. Tu m'avais dit que tu m'aimais. J'ai accepté ton groupe de cinglés en croyant que… je ne sais plus. Tu m'as forcée à signer tous ces dons à ton église. Et tu m'as… et les autres aussi.

Elle relève la tête vers moi et fixe la pochette qui pend à mon cou. Je tire sur la boucle et regarde le contenu du sachet. Maintenant que j'en ai observé de près, je devine que c'est un morceau de cordon ombilical séché.

— C'est un vieux secret de famille qui se transmet de mère en fille. Tu gardes une partie du cordon de ton nouveau-né sur toi avec le cheveu d'une femme stérile qui désire enfanter. J'ai toujours cru que c'était une légende urbaine, mais par désespoir, j'ai conservé le tien, un peu de sang et j'ai inséré un cheveu de tous les hommes. Sauf Genêt. C'était un bébé à l'époque, il n'avait pas choisi tout ça.

Il baisse les yeux en guise de remerciement.

— Dès le lendemain, le Fondateur a évoqué la Malédiction d'Iris, alors j'ai compris que ce sachet était la clé de mon exil.

En redressant ses épaules, elle jette un regard à la fenêtre. Dehors, des lueurs orangées naviguent au-dessus des montagnes cobalt.

De retour à sa tâche, elle répète les mêmes gestes et délivre la dernière des huit filles. Je suis en train de mesurer mon fil quand elle me retient.

— Range tout ça, Iris.

Elle dépose le nourrisson dans mes bras, puis nettoie ses mains. Pendant que je lave le bébé, elle fouille partout. C'est dans le meuble à tiroir qu'elle trouve des clés et une tonne de papier avec des chiffres imprimés partout. Elle tend le trousseau et la boîte de dossiers à Genêt, puis elle nous entraîne à la cuisine.

Genêt déverrouille l'entrée. Je le suis jusqu'au seuil en abritant la fillette qui exige son premier repas. Après avoir ouvert le garage, il démarre le moteur du véhicule. Hypnotisée par cette porte béante, je m'apprête à sortir. Dahlia presse mon épaule.

— Ce n'est pas le moment d'être malade. Habille-toi et enfile deux paires de chaussettes de laine. Demande à Hortense de te montrer comment nourrir la petite.

En vérifiant l'état des poupons, elle s'informe si les bagages sont prêts. Les femmes opinent, le doute et la joie se mêlant sur leurs traits tirés.

Hortense m'indique une chaise et m'apporte un verre de lait tiède. Elle trempe son auriculaire dans le liquide et le donne à sucer à ma protégée. Les pleurs cessent. Je prends conscience de ses sœurs. Trois d'entre elles s'égosillent en attendant la prochaine goutte. Qu'allons-nous faire de tous ces bébés? La récolte de l'année a été faible et le lait provient des cartons que le Fondateur rapportait du monde extérieur. Et… les hommes vont-ils survivre à cette boucherie?

Ma mère se plante devant l'aînée.

— Où est l'argent?

La captive arbore un rictus de dégoût.

— Je sais qu'il garde ici les économies qu'il nous a volées. Si tu parles, tu pourras recoudre ton fils.

L'autre fronce les sourcils. Elle se borne dans son silence.

— D'accord, à la première cabine, j'appelle le 911 pour sauver ta peau. Sinon, je te laisse attachée avec huit cadavres qui suintent.

Sur son front, les rides se font plus profondes.

— Dans le poulailler. Sous la mangeoire à gauche.

Sourire mesquin aux lèvres, Dahlia fait mine de s'éloigner.

—Je connais déjà cette cachette-là. Je veux le vrai butin, pas la caisse des dépenses courantes.

Timide, Genêt s'immisce dans la cuisine tandis que Dahlia jette un regard circulaire en annonçant à ses compagnes que la camionnette est prête. Les femmes se couvrent des courtepointes qu'elles ont rapiécées de fil d'espoir durant les lourds mois d'hiver. Au moment où ma mère s'apprête à sortir, la vieille s'exclame.

—Attends! Attends! Détache-moi en premier, je te le dirai ensuite.

Hortense, Genêt et Dahlia se munissent de couteaux et libèrent les pieds de la prisonnière. Par la fenêtre, je les vois d'abord entrer dans le poulailler, puis ils escortent l'ancienne dans le garage. Les bras chargés de sacs vert forêt mouchetés, ils empilent leurs trouvailles dans le véhicule stationné devant le porche. Silencieuses, les femmes s'entassent dans le camion, le même qui les a menées ici.

Sous un ciel immense, je marche vers la fourgonnette. Pour quelques délicieuses secondes, les mois de souffrance et les années de réclusions n'existent plus. L'air pur pénètre mon âme, il engourdit mes peurs. Ça sent le sapin et la terre détrempée.

Dahlia et Genêt poussent l'aînée à l'intérieur de la maison. En verrouillant la porte, ma mère lance d'un ton acerbe :

—Il y a une clé d'urgence, et tu sais exactement où elle est rangée.

Puis, elle m'entraîne vers l'avant du camion. La banquette de cuir bourgogne me glace les cuisses. Je dévoile un bout de visage rabougri de la fillette qui s'est assoupie contre ma poitrine. Genêt me sourit.

—Tu dois passer la ceinture autour de ta taille, oui, comme ça…

Il parle lentement, sa voix est profonde.

J'admire les arbres, nobles gardiens, qui nous saluent en se balançant dans le vent. Nous roulons sur une allée criblée de trous alors que les nuages effilés s'estompent à l'horizon. Notre chauffeur réduit d'un cran les ventilateurs qui poussent l'air étouffant. À l'arrière, le radiateur fonctionne à plein régime tandis qu'à mes côtés, Dahlia masse ses épaules en inspirant longuement.

—Conduis-nous jusqu'au téléphone public du village. Nous enverrons des policiers ramasser les porcs et la chipie.

En caressant le bas de son ventre, elle appuie son visage contre la fenêtre. Elle soupire.

—En fait, non. Prends plutôt l'autoroute vers l'est… Après tout, cette maison cloîtrée, c'était leur idée.

Au bout du chemin de terre, un croissant de soleil se dévoile. Je baisse ma tête sur la petite boule de vie qui remue les doigts avec lenteur. Elle est née en hiver, mais c'est une fleur de printemps. Je l'appellerai Myosotis.

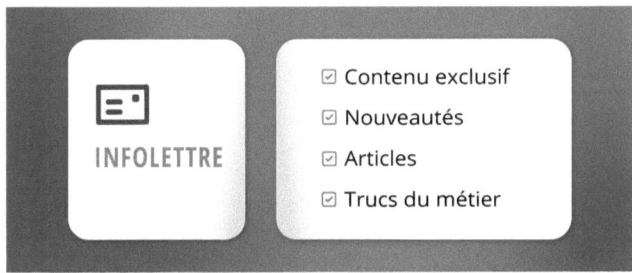

Recevez du contenu exclusif en vous abonnant à mon infolettre : karineraymond.com/infolettre.

AVEZ-VOUS AIMÉ CE LIVRE ?

Les commentaires aident réellement les auteurs à faire connaître leurs œuvres. Si vous avez aimé ce livre, n'hésitez pas à écrire une critique sur votre plateforme favorite, ce serait grandement apprécié !

SÉRIE *RANNAÏ*

Paru en 2014, le premier tome de Rannaï *a été finaliste au Prix Cécile-Gagnon 2015 et au Prix jeunesse des univers parallèles 2016.*

À l'annonce de la fermeture du dôme au-dessus de la ville de Rannaï, Issarie invite sa sœur à fuir avec Amdo vers les communautés de la Terre. Mais à l'heure du départ, une mystérieuse mendiante vient bouleverser le plan des trois compagnons tandis que le secret d'Amdo met en péril leur projet.

RANNAÏ – TOME 1

EXTRAIT

Blottie par terre dans un coin sombre de son appartement, Issarie attendait que ses pensées redeviennent
cohérentes. À peine quelques jours plus tôt, la pos-
sibilité de quitter la ville lui paraissait ridicule, mais
maintenant que la date fatidique de la fermeture du
toit approchait, elle n'était plus sûre de rien. Issarie
tentait de dompter sa tempête intérieure en contrôlant
sa respiration, mais rien à faire, un étau serrait de
plus en plus sa poitrine.

L'unique pièce qui composait son appartement
était un endroit déprimant. Ancienne résidence uni-
versitaire, le bâtiment avait été transformé en habita-
tions à loyer modique avec toilettes payantes à chaque
étage. Issarie s'estimait chanceuse d'y habiter seule,
contrairement à ses voisins qui étaient parfois quatre
à s'entasser dans ces logements.

Issarie se remémora la maison si spacieuse dans laquelle elle avait vécu les premières années de sa vie et où elle se promettait de retourner coûte que coûte. La clé de cette maison était accrochée à côté du comptoir de cuisine sur un vieux clou rouillé. « Est-ce le temps d'y retourner ? » se demanda-t-elle. Espérant une réponse providentielle, elle jeta un regard à sa fenêtre à demi ouverte et sentit l'odeur poussiéreuse de la ville. En s'assoyant à cet endroit précis de la pièce, elle apercevait un bout de ciel perdu au milieu des grandes tours grises. Elle sentit son cœur s'emballer, petit moteur indépendant qui lui annonçait une montée d'angoisse.

Issarie fit glisser son sac vers elle et fouilla énergiquement pour trouver ses médicaments. Sentant qu'elle n'échapperait pas à cette crise de claustrophobie, elle prit un cachet et l'avala sans eau. Elle reposa sa tête contre le mur et contempla le ciel cisaillé par la structure qui soutenait le dôme. Une larme se logea dans son oreille. Ce dôme qui se refermait sur la ville plusieurs fois par année était devenu comme un vêtement chaud inconfortable : il l'étouffait autant qu'il la protégeait. Ambivalente quant à l'utilité de cette protection, Issarie fixa longuement la clé de la maison familiale. « Faut-il que j'abandonne le dernier rêve qui me tient en vie ? »

Une pensée se fraya vers sa sœur Anya. Celle-ci avait hérité du visage rongé par la tristesse de leur mère. Pouvait-elle l'abandonner maintenant, alors qu'elles s'étaient appuyées l'une sur l'autre depuis tant d'années ? Autant sa sœur lui donnait une certaine assurance, autant elle se sentait opprimée par tout ce qu'elle représentait. Anya serait-elle prête à quitter la ville et tous ses avantages : un emploi, un toit, une protection contre la pollution et les rayons du soleil ? Leur ville, leur Rannaï dans laquelle elles avaient fondé tant d'espoir. Tant d'espoirs déçus…

Leur avenir se résumait à peu de choses. Anya avait poursuivi des études universitaires. Archiviste, elle travaillait au catalogage des données de la colonie lunaire à l'Agence spatiale. Elle touchait un bon salaire et occupait un studio, toilette incluse. Pour l'instant, Issarie n'avait que ses études collégiales générales et un salaire de caissière qui suffisait à peine à couvrir ses dépenses sans cesse plus importantes : l'eau, l'électricité, la nourriture… Issarie repoussait toujours la discussion, mais tôt ou tard elle devrait demander la permission à Anya d'emménager chez elle. Les deux sœurs n'étaient pas dupes, ce n'était qu'une question de temps.

Issarie se sentait si minuscule devant les gigantesques décisions qui s'imposaient à elle. Avait-elle réellement l'audace de faire ce choix entre la triste sécurité d'une cage et la liberté de l'inconnu ? Avait-elle la force de réaliser son rêve ?

Les genoux serrés contre sa poitrine, elle ferma les yeux, espérant se désintégrer sur-le-champ en un tas de poussière. En fronçant les sourcils, elle ouvrit les paupières. Elle était toujours là : Issarie Jalmat, 10 septembre 2130. 7304, rue de l'Université, chambre 721, Rannaï.

Issarie observa son canapé-lit défait, ses murs bleu gris troués et la petite table encombrée de ses cahiers d'études et de vaisselle sale. « Non, je n'ai pas la force qu'il faut… Mais je n'ai plus le courage de subir ce quotidien. » Elle se leva péniblement et respira à fond. Le miroir jauni sur le mur devant elle lui renvoya le visage d'une jeune femme qu'elle ne connaissait pas.

Il y avait peut-être une lumière au-delà de ces murs de béton… et elle irait la saisir.

: :

DE LA MÊME AUTRICE

Romans

Limonade et kimchi, Éditions Druide, 2021.

Rannaï – Tome 2, Éditions Druide, 2016.

Rannaï – Tome 1, Éditions Druide, 2014.

    Finaliste : Prix Cécile-Gagnon 2015.

    Finaliste : Prix jeunesse des univers parallèles 2016.

Nouvelles

Percer les ténèbres, recueil de nouvelles, 2024.

Pendant l'hiver, Solaris n° 206, 2018 (collectif), réédition sous
    le titre *Hiver nucléaire* : EPUB et papier 2024.

Les Mémoires de sainte Marcelle, Solaris n° 181, 2012 (collectif),
    réédition : EPUB 2022, papier 2024.

La Malédiction d'Iris, Brins d'éternité n° 45, 2016 (collectif),
    réédition : EPUB et papier 2023.

Toi et moi à San Diego, édition EPUB 2022, papier 2023.

La peur des chats, Brins d'éternité n° 53, 2019 (collectif).

Nouvelle en anglais

Apex Generation, A Short Story, 2025.

Poésie

Ancrage, Le passeur n° 49, 2023 (collectif).

À PROPOS DE L'AUTRICE

Nichée sur une montagne des Pays-d'en-Haut, Karine Raymond écrit des romans et des nouvelles entre deux contrats de graphisme.

Pendant qu'elle travaille, elle espère que sa chienne Nabi et la marmotte lui céderont une part de récolte du potager.

⊕ karineraymond.com
✉ info@karineraymond.com
Ⓕ karine.raymond.auteure
◎ karine_raymond_auteure